Miranda,
el hada de la
belleza

Un especial agradecimiento a Narinder Dhami

Originally published in English as
The Fashion Fairies #1: Miranda the Beauty Fairy

Translated by Karina Geada

ISBN 978-0-545-72361-9

13 12 11 10 9 8 7 6 5 4 3   17 18 19/0

Printed in the U.S.A.   40

First Scholastic Spanish printing, January 2015

Miranda, el hada de la belleza

Daisy Meadows

SCHOLASTIC INC.

De la moda soy el rey.
El glamour es mi ley.
Circón Azul es mi marca.
¡Todos se rinden ante el monarca!

Mis diseños algunos critican,
pero los genios nunca claudican.
Las hadas de la moda me ayudarán
y mis diseños en todas partes se verán.

Índice

Un toque de magia

—¡Esto es increíble, Raquel! —exclamó Cristina mirando el enorme y reluciente edificio de acero y cristal que se levantaba frente a ellas.

Al otro lado de la entrada había un cartel lumínico que decía CENTRO COMERCIAL EL SURTIDOR.

—Lo sé —dijo Raquel—. Estoy tan

feliz de que estés pasando las vacaciones conmigo y hayas podido venir a esta inauguración.

—Yo también —respondió Cristina ilusionada—. ¡Y me muero por conocer a Jessica Jarvis!

La famosa supermodelo era la invitada especial en la ceremonia de apertura del nuevo centro comercial. Miles de personas esperaban ansiosas a que comenzara el evento.

—Creo que llegamos justo a tiempo para el desfile —dijo la Sra. Walker cerrando el auto—. Vamos, chicas.

Raquel, Cristina y la Sra. Walker apuraron el paso. Enseguida apareció la primera carroza por el costado del edificio.

—Cada tienda del centro comercial tiene su propia carroza —explicó

Raquel—. Mira, Cristina, la primera es de la juguetería El Surtidor.

La carroza, con un gigantesco oso de peluche inflable, avanzaba lentamente hacia ellas. Llevaba encima a dos chicas disfrazadas de muñecas de trapo, con vestidos de vuelos y trenzas de estambre amarillo, y un niño con un uniforme de soldado de color rojo. Iban saludando a la multitud mientras pasaban.

—La que sigue es de la librería La Guarida —dijo Cristina, leyendo el cartel que llevaba la carroza.

Los de la librería iban vestidos como los personajes de los libros de cuentos. Las chicas distinguieron a Blanca Nieves, Cenicienta, Pinocho y muchos otros personajes.

Le seguía la carroza de la heladería Caramelo con enormes paletas y conos de helado hechos de gomaespuma.

—¡Ese helado se ve delicioso! —dijo Cristina sonriendo.

—¡Y también huelo algo delicioso! —respondió Raquel olfateando el aire.

—Así es —dijo Cristina aspirando un delicioso aroma—. ¡Fresa y vainilla!

—Es que por ahí viene la carroza de Burbujas de Placer —dijo la Sra. Walker—. La tienda vende productos para el cabello y la piel.

La carroza traía un cartel que decía ¡SOLO UTILIZAMOS INGREDIENTES ORGÁNICOS! Raquel y Cristina sonrieron al ver las máquinas de burbujas que lanzaban al aire cientos de pompas perfumadas y brillantes.

—¡Parecen mágicas! —exclamó Raquel sosteniendo en su dedo una burbuja con olor a fresa—. ¡Como las de las hadas, Cristina!

Las chicas se miraron y sonrieron con complicidad. Su

amistad con las hadas era un secreto *muy* especial.

—Miren, chicas, aquí está la última carroza —dijo un poco después la Sra. Walker—. ¿A que no adivinan a quién trae?

—¡Es Jessica Jarvis! —gritaron Raquel y Cristina eufóricas.

La supermodelo venía sentada en un trono dorado y saludaba a los

espectadores. Llevaba un vestido color zafiro y su larga cabellera rubia estaba recogida en un elegante moño.

—Es tan bonita —murmuró Cristina. Todo el mundo aplaudió cuando la carroza se detuvo a la entrada del centro comercial, donde se encontraba un grupo de políticos, incluyendo a la alcaldesa, en una pequeña tarima con un micrófono. Raquel y Cristina alcanzaron a ver una cinta roja atada frente a la puerta.

Jessica Jarvis se bajó de la carroza y subió al escenario bajo un torrente de aplausos.

—Buenos días a todos —dijo sonriendo—. Es un placer estar aquí para inaugurar el nuevo y maravilloso Centro Comercial El Surtidor. Pero antes de hacerlo, les tengo una sorpresa muy especial…

Raquel y Cristina escuchaban impacientes.

—Los dueños del centro comercial me han pedido que anuncie un concurso infantil —continuó—. ¡Queremos que chicos y chicas diseñen y creen su propia ropa! Los resultados del concurso se darán a conocer en dos días y los ganadores modelarán sus creaciones en un desfile benéfico de moda el fin de semana.

Los aplausos sonaron aún más fuerte.

—La idea del concurso no es verse como una modelo o un modelo —añadió Jessica—, sino usar la imaginación y concebir un conjunto único.

—¿Qué crees, Cristina? ¿Deberíamos participar? —preguntó Raquel.

—¡Por supuesto! —asintió Cristina.

La alcaldesa le alcanzó unas tijeras a Jessica.

—Y ahora…

—dijo Jessica—, sé que están ansiosos por ver todas estas fabulosas tiendas, así que declaro oficialmente abierto el centro comercial —añadió cortando la cinta roja en dos.

Los aplausos resonaron mientras se abrían las puertas de cristal. Las chicas y la Sra. Walker entraron junto con la multitud.

—¡Por dentro es tan bello como por fuera! —dijo Cristina mirando a su alrededor.

Luces de discoteca y enormes cestas con exuberantes helechos verdes colgaban del techo de cristal. El suelo estaba decorado con mosaicos plateados en forma de remolinos. Cristina no podía creer la cantidad de tiendas que había, todas con maravillosas decoraciones en sus vidrieras.

—Dicen que la fuente que está en medio del centro comercial también es una belleza —dijo la Sra. Walker.

—¿Podemos ir a verla? —preguntó Raquel.

—Vayan ustedes y nos volvemos a encontrar aquí dentro de media hora —sugirió la Sra. Walker—. Allí están ofreciendo pruebas de maquillaje gratis —añadió señalando  hacia una tienda de productos de belleza llamada Más Hermosa—. Me gustaría probar un nuevo maquillaje para la fiesta de este fin de semana.

—¡Buena idea! —dijo Raquel sonriendo—. ¡Así sorprendes a papá!

La Sra. Walker se echó a reír.

—Hasta luego —dijo.

Las chicas se dirigían a la fuente cuando, de repente, Cristina le dio un codazo a Raquel.

—¡Mira! —susurró Cristina—. ¡Es Jessica Jarvis!

La supermodelo estaba en el quiosco de la prensa. Una mujer la entrevistaba mientras un fotógrafo no paraba de tomarle fotos.

—Probablemente son del periódico local —dijo Raquel—. ¡Mira, allí está la fuente!

Las chicas habían llegado al medio del centro comercial y, tal como la Sra.

Walker había dicho, la fuente era maravillosa. Del centro de la misma salía un chorro espumoso de agua, casi tan alto como el techo del centro comercial. También salían otros chorros más pequeños alrededor de ese que rociaban agua cada cierto tiempo. En

un extremo de la fuente había una cascada y toda la instalación estaba rodeada de macetas con flores tropicales en vibrantes tonos de rojo y anaranjado.

—¡Impresionante! —exclamó Cristina acercándose al borde de la fuente.

Un chorro de agua salió de repente. Las chicas saltaron al sentir unas gotas salpicar.

Cristina levantó la vista y, en ese

momento, divisó una diminuta chispa brillante.

—¡Mira, Raquel! —susurró apuntando hacia arriba—. ¿Qué es eso?

—No sé —murmuró Raquel—. ¿Será… un hada?

Las hadas de la moda

La chispa brillante que Raquel y Cristina acababan de ver se precipitó desde la parte superior de la fuente, voló hasta una de las macetas y aterrizó en una flor escarlata en forma de trompeta. Ahora las chicas sí estaban seguras de que la diminuta chispa era realmente un hada.

—¡Es Phoebe, el hada de la moda!

—murmuró Raquel casi sin aliento cuando reconoció a su vieja amiga.

Phoebe se paró de puntillas sobre uno de los pétalos de la flor y agitó su varita.

—Hola, chicas —dijo dulcemente—. ¡Qué gusto verlas de nuevo!

—¡Hola, Phoebe! —respondió Cristina sonriendo—. ¿Cómo están tú y el resto de las hadas de las fiestas?

—Todas estamos bien, esperando verlas muy pronto —respondió Phoebe con los ojitos brillando—. Por eso estoy aquí, para invitarlas a volver al Reino de las Hadas.

Raquel y Cristina se pusieron muy contentas.

—Tenemos un importante desfile de moda en el gran salón del palacio real —agregó Phoebe—. Ha sido organizado por mis siete ayudantes, las hadas de la moda. ¿Quieren venir?

—¡Sí, por favor! —dijeron al unísono Cristina y Raquel.

Las chicas estaban tan entusiasmadas que Phoebe se echó a reír. Desapareció por detrás de la fuente y las chicas la siguieron. Con un movimiento de la varita de Phoebe, una nube de polvo mágico rodeó a Raquel y Cristina convirtiéndolas en hadas y transportándolas al Reino de las Hadas.

Segundos más tarde,
Phoebe, Raquel y
Cristina entraban
al gran salón del
palacio real. El rey
Oberón y la reina
Titania estaban
sentados en sus tronos
de oro, y las otras hadas

rodeaban una larga pasarela esperando a
que comenzara el desfile de moda.

—¡Phoebe trajo a Cristina y Raquel!
—anunció Ámbar, el hada anaranjada, y
al momento se escucharon gritos de alegría.

—¡Bienvenidas, chicas! —dijo Perla, el
hada de las nubes.

—Estamos muy contentas de que
hayan venido —agregó India, el hada de
la piedra lunar.

Phoebe escoltó a las sonrientes chicas hasta donde estaban el Rey y la Reina.

—Raquel y Cristina, estamos encantados de que estén otra vez con nosotros —declaró el rey Oberón.

—Las hadas de la moda siempre montan un espectáculo fabuloso —dijo la reina Titania—. Phoebe, ¿por qué no les presentas a tus ayudantes?

Phoebe caminó con Raquel y Cristina hasta la primera fila de la audiencia, donde estaban sentadas las siete hadas.

—Chicas, les presento a Miranda, el hada de la belleza; Claudia, el hada de los accesorios; Tyra, el hada diseñadora; Alexa, el hada reportera de moda; Jennifer, el hada estilista; Brooke, el hada fotógrafa, y Lola, el hada de los desfiles de moda —dijo Phoebe mientras apuntaba con su varita a cada una de las hadas.

—¡Hola, chicas! —dijeron las hadas de la moda.

Raquel y Cristina notaron que cada hada tenía un objeto mágico que brillaba. Miranda llevaba un pintalabios en un estuche dorado; Claudia, un collar largo con muchas cuentas; Tyra, una cinta métrica; Alexa, una pluma; Jennifer, un cepillo para el cabello, y Brooke, una cámara. La séptima hada, Lola, tenía una cinta roja en el cuello

con un pase especial para pasar a los
camerinos.

—Con la ayuda de nuestros objetos
mágicos nos encargamos de los asuntos
de la moda tanto en el mundo de los
humanos como en el de las hadas
—explicó el hada de la belleza.

Miranda tenía el pelo castaño claro y
llevaba unos jeans cortos, una blusa rosada
y una chaqueta azul con un collar de felpa.

De repente sonaron las trompetas y la
rana Beltrán corrió las elegantes cortinas
de terciopelo.

—¡Es hora de dar inicio al desfile de moda! —anunció haciendo una reverencia.

Raquel y Cristina corrieron a sentarse junto al Rey y la Reina. Mientras tanto, Phoebe subió a la pasarela.

—El desfile lo abre Rubí, el hada roja —dijo Phoebe.

Las chicas aplaudieron entusiasmadas. Rubí era su amiga más antigua, la primera hada que habían conocido en su viaje a la isla Lluvia Mágica.

Cuando Rubí salió de detrás de las cortinas sonaron los aplausos. Llevaba un hermoso vestido largo de seda rojo que se arremolinaba en la parte inferior.

Raquel y Cristina observaban como la modelo caminaba hasta el final de la pasarela y regresaba. Pero justo en ese momento, un rayo de hielo salió disparado desde el fondo de la sala y crepitó sobre sus cabezas. Las chicas se cubrieron la boca, horrorizadas, mientras el relámpago helado se estrellaba contra la pasarela. Rubí dio un grito y, para sorpresa de todos, su vestido rojo se tornó azul claro.

—¿Qué está pasando? —murmuró Raquel—. El vestido de Rubí cambió de color y... ¡mira lo que apareció en su falda!

Cristina no lo podía creer.

—No... —dijo temblando—. ¡Es el rostro de Jack Escarcha!

Circón Azul

Raquel, Cristina y las hadas miraban sorprendidas, mientras Rubí contemplaba estupefacta su vestido. De repente, Jack Escarcha apareció en la sala montado sobre un rayo de hielo y se precipitó hacia la pasarela con una insolente mueca en su rostro gélido. Venía cortejado por una pandilla de duendes.

—¿Qué se propone ahora Jack Escarcha? —le dijo Cristina a Raquel.

—¿Y qué es eso que lleva puesto? —susurró Raquel.

Jack Escarcha vestía una chaqueta de color azul claro con enormes hombreras y unos pantalones estampados de estrellas sumamente ajustados. También llevaba unas botas sin acordonar. Los duendes que lo acompañaban vestían atuendos extravagantes que no combinaban. Uno llevaba un sombrero de copa y un *short* azul, mientras que otro lucía una chaqueta y corbata sobre una camiseta también azul.

—¡Abran paso! —gritó Jack Escarcha, mirando a Rubí y a Phoebe—. ¡Llegó el rey de la moda!

Los duendes aplaudían mientras Jack Escarcha recorría la pasarela de un lado a otro.

—Nuestros conjuntos son de una nueva y elegante marca de ropa llamada Circón Azul —continuó—. Y, ¿adivinen qué? ¡Todas las prendas han sido diseñadas por MÍ!

—Pero tú no eres diseñador de ropa, Jack Escarcha —protestó horrorizada Tyra, el hada diseñadora.

Jack Escarcha le clavó una mirada gélida.

—¡Eso habría que verlo! —declaró—. Yo lo sé todo en cuestiones de moda y soy tan atractivo que quiero que el mundo entero luzca como yo. Muy pronto hadas y humanos SOLAMENTE usarán ropa de la marca Circón Azul. ¿Se imaginan lo elegantes que se verán todos? —añadió mientras hacía poses ridículas en la pasarela.

Raquel y Cristina observaban

consternadas. Pero los duendes de Jack Escarcha estaban eufóricos.

—Esto es absurdo, Jack Escarcha —dijo con severidad la reina Titania poniéndose de pie—. Es más, te invitamos a quedarte a ver nuestro desfile de moda si vuelves a poner rojo el vestido de Rubí.

—¿Puede creer que no me interesa? —respondió Jack Escarcha en tono de burla.

Levantó su varita y lanzó un relámpago de hielo directo hacia la reina Titania. La rana Beltrán saltó para defenderla, pero no

pudo parar el hechizo de Jack Escarcha.
La corona de oro de la reina desapareció
y, en su lugar, apareció un gorro de lana
azul con un enorme pompón en la punta.

—¿Cómo te atreves, Jack
Escarcha? —gritó indignado
el rey Oberón mientras
Beltrán ayudaba a la
reina a quitarse el
ridículo gorro—. Esta
vez te has sobrepasado.

—¡Y no he terminado
todavía! —soltó Jack entre carcajadas.
Apuntó con su varita a las siete hadas
de la moda que estaban sentadas en la
primera fila. Al instante, una ráfaga
de relámpagos helados cayó sobre ellas.
Raquel y Cristina observaban impotentes
como la magia de Jack Escarcha les

arrancaba todos los objetos mágicos a las hadas de la moda.

Los duendes reían a carcajadas mientras los objetos volaban sobre la pasarela y caían en los enormes bolsillos del malvado Jack Escarcha.

—Ahora que tengo toda la magia de las hadas de la moda, ganaré el desfile de El Surtidor —anunció Jack Escarcha—. Y muy pronto todo el mundo, en todas partes, se vestirá con ropa de la marca Circón Azul.

—¡Espera! —gritó el rey Oberón.

Pero Jack Escarcha movió su varita y él y sus duendes desaparecieron en una neblina azul clara.

—¡Esto es terrible! —dijo Miranda, el hada de la belleza—. ¡El desfile de moda será un desastre!

—¡Un fracaso total! —confirmó Lola, el hada de los desfiles de moda, mordiéndose el labio.

—Eso significa que el desfile benéfico en el mundo de los humanos también será un desastre —señaló Claudia, el hada de los accesorios—. De hecho, el mundo de la moda se arruinará a menos que recuperemos nuestros objetos mágicos.

—Raquel y yo podemos ayudar —dijo Cristina, y sus ojos brillaron con determinación.

—Haremos todo
lo posible para
encontrar los objetos
mágicos —prometió
Raquel.

—Chicas, han
venido a salvarnos
una vez más —dijo
la reina Titania—.
Gracias por ser tan buenas amigas.

—Miranda, el hada de la belleza,
regresará con ustedes a El Surtidor
—les dijo el rey Oberón a Raquel y
Cristina—. Buena suerte en su búsqueda.

—¡Buena suerte! —gritaron las hadas.

Miranda agitó su varita, y ella y las
chicas desaparecieron en una nube
mágica.

Víctimas del maquillaje

—Es casi la hora de encontrarnos con mi mamá en Más Hermosa —dijo Raquel cuando llegaron a la fuente del centro comercial—. En el camino podemos buscar el pintalabios mágico de Miranda.

Raquel y Cristina habían recuperado su tamaño normal. Miranda seguía siendo un hada. Se escondió dentro del bolso de Cristina.

Las chicas apuraron el paso. Había un montón de gente y Raquel se preguntaba cómo iban a ubicar el pintalabios entre esa enorme multitud. Pero entonces recordó lo que siempre decía la reina Titania: "Dejen que la magia vaya a ustedes".

Más Hermosa era una verdadera locura. A través de las vidrieras, Raquel y Cristina podían ver una gran cantidad de mujeres sentadas en los mostradores de belleza probándose maquillajes.

—Ahí está mamá —dijo Raquel.

Una chica vestida con una chaqueta blanca aplicaba rubor

en las mejillas de la Sra. Walker con una enorme brocha suave y esponjosa.

Raquel y Cristina entraron a la tienda mientras Miranda seguía escondida. Más Hermosa estaba llena de estanterías con maquillajes de todos los colores imaginables. Al pasar junto a los pintalabios, las chicas se detuvieron y miraron, pero ningún pintalabios brillaba con la magia de las hadas.

—Hola, mamá —dijo Raquel tocando el hombro de la Sra. Walker.

Cuando la mamá de Raquel se volteó, las chicas se quedaron boquiabiertas. Su cara estaba toda pintarrajeada. La sombra era verde esmeralda, el rímel azul brillante y, para rematar, tenía dos círculos de rubor rojo oscuro, uno en cada mejilla. ¡Parecía un payaso de circo!

—¿Qué pasó? —les preguntó la Sra. Walker a las chicas volteándose para mirarse en el espejo.

—¡Dios mío! ¡Me veo horrible! —dijo horrorizada.

—Lo siento mucho —murmuró la chica de la chaqueta blanca. Parecía avergonzada—. No sé lo que me pasa hoy.

Raquel y Cristina miraron a su alrededor. La mamá de Raquel no era la única que se veía fatal. Muchas otras mujeres parecían decepcionadas con sus maquillajes.

—¡Todo esto está sucediendo porque mi pintalabios mágico ha desaparecido! —susurró Miranda desde el interior de la bolsa de Cristina—. Con tanto maquillaje, estas mujeres han perdido su belleza natural.

—Tal vez podamos ayudarte a solucionarlo, mamá —sugirió Raquel.

—No. Voy al baño a quitarme este desastre —dijo la Sra. Walker negando con la cabeza—. ¿Por qué mejor no nos vemos en la heladería Caramelo

en veinte
minutos?

—Está
bien, mamá
—respondió
Raquel.

—Tal vez
deberíamos
echar otro
vistazo en la
tienda antes
de irnos
—susurró Cristina al ver alejarse a la
Sra. Walker—. Es el lugar perfecto para
ocultar el pintalabios mágico. ¡Nadie
notaría que está aquí!

Las chicas comenzaron a recorrer la
tienda discretamente. Minutos más tarde,
Raquel vio a tres mujeres sentadas en un

rincón. Tenían el cabello largo y suelto y se estaban maquillando unas a otras. A Raquel le llamó la atención que dos de ellas lucían terriblemente mal; sin embargo, la tercera lucía radiante, sonreía alegremente y su maquillaje se veía natural.

—¿No te parece raro, Cristina?
—comentó Raquel señalando a la
mujer—. ¿Por qué el maquillaje de esa
mujer luce tan bien?

Cristina estaba a punto de responder
cuando notó que las tres llevaban
vestidos de color azul claro, exactamente
del mismo tono que la chaqueta de Jack
Escarcha.

—¡Raquel, son
duendes! —susurró
Cristina—.
¡Mírales la ropa!
Seguramente el
maquillaje les
oculta la piel
verde y deben
de estar usando
pelucas.

—¡La que está sonriendo con el maquillaje impecable debe de tener mi pintalabios! —añadió Miranda—. Seguramente Jack Escarcha se lo dio para esconderlo.

—¡Miren qué entretenidas están jugando con el maquillaje! —señaló Raquel—. Bueno, ¿cómo vamos a recuperar el pintalabios?

Perfume de agua residual

Antes de que las chicas y Miranda idearan un plan, los tres duendes se levantaron y salieron de la tienda.

—Las convertiré en hadas —les dijo Miranda a Raquel y a Cristina—. Así será mucho más fácil seguir a los duendes. De lo contrario, podríamos perderlos en la multitud.

Raquel y Cristina se agacharon rápidamente detrás de un mostrador de la tienda. Con un movimiento de la varita de Miranda, las chicas comenzaron a encogerse. Se fueron poniendo cada vez más y más pequeñas y les aparecieron unas alitas diminutas en la espalda.

Luego, las tres salieron volando de detrás del mostrador y se alejaron de la tienda. Unos minutos después, localizaron a los duendes que estaban curioseando en la vitrina de una tienda de chocolate. Tenían las narices pegadas al cristal. Miranda y las chicas se dirigieron hacia donde estaban, escondiéndose detrás de las columnas del centro comercial. Desafortunadamente, los duendes se pusieron en marcha otra vez.

—¿Se fijaron que todos los clientes de la tienda de chocolate lucen tan horribles como las mujeres que estaban en Más Hermosa? —preguntó Cristina con el ceño fruncido—. Definitivamente *tenemos* que recuperar el pintalabios de Miranda y el resto de los objetos mágicos.

Los duendes caminaron hasta la fuente del centro comercial. En cuanto vieron sus reflejos en las cristalinas aguas de la fuente, gritaron de alegría.

—¡Esta podría ser nuestra oportunidad! —dijo Miranda decidida.

Cristina olfateó el aire.

—¿Por qué huele tan mal? —preguntó haciendo una mueca.

—¡Huele a cisterna! —dijo Raquel—.
¿De dónde viene esa peste?

Miranda señaló a la tienda Burbujas de
Placer que estaba al otro lado de la fuente.

—¡Todos los productos de la piel ahora
huelen horrible porque mi pintalabios ha
desaparecido! —explicó.

Cristina se percató que los compradores
que pasaban frente a Burbujas de Placer
se tapaban la nariz.

—A los duendes parece no importarles
—dijo mirando a los
cómplices de Jack
Escarcha que todavía
rondaban la fuente.

—¡Uf, a ellos les
encanta el mal
olor! —respondió
Miranda.

Justo en ese momento, Raquel vio un gran cartel en la vidriera de Burbujas de Placer.

—"¡Pruebe gratuitamente nuestras exquisitas burbujas! —leyó en voz alta—. Regalaremos muestras de nuestras burbujas de baño con aroma a chocolate y naranjas mientras estén disponibles".

Junto al cartel había una gigantesca torre de frascos de burbujas de baño.

El rostro de Raquel se iluminó.

—¡Se me ha ocurrido una excelente idea! —exclamó—. Pero necesito ser de mi tamaño otra vez, Miranda.

Las tres volaron hasta esconderse detrás de una columna y Miranda puso a Raquel de su tamaño normal. Entonces, la chica se dirigió a Burbujas de Placer mientras Cristina y Miranda revoloteaban

sobre una maceta, cerca de los tres
duendes, y se escondían dentro de
una enorme flor de color escarlata.

A Raquel le pareció que el hedor era
insoportable al entrar en Burbujas de
Placer, y no se sorprendió al ver que la
tienda estaba vacía. La chica que estaba
sentada tras el mostrador
se veía extenuada.

—Hola, ¿en qué
puedo ayudarte?
—preguntó sin
ganas.

—¿Me puede
dar una muestra
de burbujas de
baño? —dijo Raquel
señalando la torre de frascos.

—¿Estás segura? —dijo la chica—. No

sé qué pasó con este lote, pero algo no salió bien. ¡Huelen horriblemente mal!

—De todas formas me gustaría llevarme un frasco —aseguró Raquel.

La chica tomó un frasco de la vidriera y se lo entregó a Raquel, que le dio las gracias y luego se apresuró a regresar a la fuente. Por suerte, los tres duendes estaban allí todavía.

—¡Hola! —los saludó Raquel—. Vine hasta aquí solo para decirles que se ven hermosas.

Los duendes sonrieron con arrogancia.

—Ya eso lo sabíamos —dijo el del maquillaje perfecto.

—Si pones de tu parte quizás algún día llegues a verte tan bella como nosotras —añadió otro duende, y los tres soltaron una carcajada.

Mientras tanto, Cristina y Miranda observaban escondidas desde la flor, sin perder ni un solo detalle de lo que estaba pasando.

—¿No les gustaría oler delicioso también? —preguntó Raquel tendiéndoles el frasco de burbujas—. Tal vez quieran probar esto.

El tercer duende agarró el frasco, desenroscó la tapa y lo olió.

—¡Mmm…! —dijo suspirando—. Lo quiero para mí sola.

—Yo soy la más hermosa… ¡debería quedarme con él! —gritó el duende del maquillaje perfecto dando un salto para agarrar el frasco, pero el otro duende lo sostuvo por encima de la cabeza para que no lo alcanzara.

Raquel sonrió al ver que el tercer duende se escurría por detrás y le arrebataba las burbujas al segundo.

—¡Dame eso! —insistió el duende del maquillaje perfecto abalanzándose sobre el frasco.

Los duendes terminaron enredados en

una pelea y, en medio del forcejeo, la tapa del frasco salió volando.

En ese momento, Miranda y Cristina  se acercaron y comenzaron a revolotear sobre los duendes tratando de localizar el pintalabios. Cristina logró meter la mano en el bolsillo del duende del maquillaje perfecto pero, por desgracia, estaba vacío y no le dio tiempo a buscar en el otro.

Un segundo después no tuvieron más remedio que volar nuevamente a esconderse detrás de una de las macetas antes de que los duendes las vieran.

Mientras tanto, el frasco de burbujas de baño fue tantas veces de un lado a otro que terminó dentro de la fuente del centro comercial y los duendes comenzaron a insultarse.

El agua de la fuente comenzó a hacer espuma desprendiendo enormes burbujas de jabón. Raquel hizo una mueca al sentir el desagradable olor.

—¡Uf, cada vez huele peor! —comentó un comprador que pasaba por allí.

—¡Qué delicia de perfume! —dijo uno de los duendes aspirando feliz mientras salpicaba de burbujas a los otros dos duendes.

¡Fue entonces cuando a Cristina se le ocurrió una brillante idea!

Burbujas mágicas de Miranda

—Miranda, ¿podrías usar tu magia para hacer muchas más burbujas malolientes? Necesitamos distraer a los duendes —susurró Cristina.

—¡Por supuesto! —dijo Miranda sorprendida.

Apuntó con su varita a la fuente y varios destellos mágicos aterrizaron en la superficie del agua, que enseguida comenzó a burbujear y espumear. Aparecieron cientos de burbujas flotando en el aire alrededor de los duendes. El olor a agua residual era tan intenso que los compradores que estaban cerca corrieron a esconderse y Raquel se tapó la nariz con las dos manos.

—¡Burbujas! —gritó extasiado uno de los duendes—. ¡Qué delicia!

Los duendes atrapaban las burbujas y se las lanzaban unos a otros.

Cristina le hizo un gesto a Miranda. Las chicas respiraron profundo, se taparon la nariz y salieron volando de la maceta de flores. Miraban atentamente a los duendes con la esperanza de detectar cualquier señal del pintalabios mágico de Miranda.

Los duendes corrían empapados

alrededor de la
fuente, jugando
entre las burbujas.
De repente,
Cristina vio caer
algo dorado al
suelo. ¡Era el
pintalabios mágico!
Pero los duendes se

divertían tanto que ni se dieron cuenta.

Cristina y Miranda volaron lo más
rápido que pudieron. En cuanto el hada
tocó el pintalabios, este se redujo de
tamaño. Miranda lo recogió y le sonrió
a Cristina. Raquel, por su parte,
comenzó a aplaudir de la emoción.

En un instante, se desvaneció el hedor
de la espuma, que comenzó a exhalar un
delicioso aroma de chocolate y naranjas.

—¡Qué asco! —protestó el duende del maquillaje perfecto haciendo una mueca.

Raquel notó que el maquillaje comenzaba a desaparecer.

—¡Vámonos de aquí! —gritó otro duende.

Los tres salieron corriendo del centro comercial tapándose la nariz.

Los compradores se acercaron a la fuente y Raquel se apresuró a unirse a Cristina y Miranda.

—Miren, todos están sonriendo de nuevo y un montón de clientes va rumbo a Burbujas de Placer —señaló Raquel.

—Y las mujeres que estaban mal maquilladas ahora lucen bien —agregó Cristina al ver a algunas entrando a Más Hermosa.

—¡Yo también estoy feliz! —dijo Miranda con una gran sonrisa—. Muchas gracias, chicas. ¡Nos ayudaron de nuevo! ¡En el Reino de las Hadas se alegrarán mucho cuando vuelva con *esto*! —añadió levantando el pintalabios—. Pero seguirán buscando los otros objetos mágicos, ¿cierto?

—¡Te lo prometemos! —respondieron Raquel y Cristina.

La magia de Miranda hizo que

Cristina volviera a su tamaño normal.
Entonces, agitando su varita en señal de
despedida, Miranda desapareció en una
nube de chispas brillantes con los colores
del arco iris.

—Es hora de encontrarnos con mi
mamá en la heladería —dijo Raquel
mirando el reloj.

—¡Creo que merecemos celebrar
nuestra victoria! —contestó Cristina, y
se echó a reír.

Las chicas caminaron de prisa.

—¿Sabes algo? He estado pensando en
el concurso de moda —comentó Cristina
mientras esperaban a la Sra. Walker—.
Las flores brillantes de alrededor de la
fuente me dieron algunas ideas.

—Me encantaría usar un montón de
colores en mi diseño también —dijo

Raquel—. Oh, aquí viene mi mamá…
¡y por suerte se ve como antes!

La Sra. Walker se acercó sonriendo.
Para alivio de las chicas, el maquillaje de
payaso había desaparecido y ahora lucía
naturalmente bella.

—Como ya apareció el pintalabios de
Miranda, todo el mundo está feliz —dijo
Cristina.

—Pero todavía faltan seis objetos
mágicos —recordó Raquel—. ¡Ojalá los
encontremos muy pronto!

Cristina y Raquel ayudaron a Miranda
a encontrar su pintalabios mágico.
Ahora les toca ayudar a

Claudia,
el hada de los accesorios

Lee un pequeño avance del siguiente libro...

Un agujero de problemas

—Aquí estamos —dijo el Sr. Walker estacionando el auto en el Centro Comercial El Surtidor. Miró por el espejo retrovisor a su hija Raquel y a su mejor amiga, Cristina, que estaban sentadas en el asiento trasero—. Sé que estuvieron aquí ayer, pero necesito recoger una camisa. Intentaré no demorarme.

—No te preocupes, papá —dijo Raquel, intercambiando una sonrisa cómplice con Cristina—. No hay problema, tómate todo el tiempo que necesites.

Era el segundo día de vacaciones, y Cristina estaba pasando una temporada en casa de Raquel. Cada vez que las dos amigas se reunían, algo mágico solía suceder… ¡como el día anterior! La mamá de Raquel las había llevado a la apertura del nuevo centro comercial donde hubo un montón de actividades y hasta un desfile de carrozas. Había sido muy divertido… sobre todo cuando las chicas tuvieron que volar al Reino de las Hadas para vivir una nueva y emocionante aventura. ¡Hurra!

—¡Espero que hoy veamos otra hada! —susurró Cristina emocionada mientras se dirigían a los elevadores del estacionamiento.

—Yo también —respondió Raquel.

—Lo de ayer fue increíble, pero tú sabes lo que siempre dice la reina Titania: "No podemos ir en busca de la magia. Tenemos que esperar a que venga a nosotras" —dijo Cristina sonriendo—. ¡Espero que nos encuentre rápido!

Subieron el elevador.

"Primer piso", anunció una voz por el altoparlante. "¡Bienvenidos al Centro Comercial El Surtidor!".